Les Vilains petits canards

Fichesdelecture.com

Les Vilains petits canards (Fiche de lecture)

I. INTRODUCTION

L'auteur

Boris Cyrulnik, naît le 26 juillet 1937 à Bordeaux, alors qu'il a six ans, ses parents sont arrêtés puis déportés, ils ne reviendront pas. Tandis qu'ils l'ont placé dans une pension, il échappe à une rafle et est caché par plusieurs personnes. Ces événements dramatiques de son enfance vont déterminer ses choix professionnels.

Il suit des études de médecine, puis se dirige ensuite vers l'éthologie. Mais il continue à se diversifier, il est à la fois éthologie neurologue, psychiatre, éthologue et psychanalyste. Il veut décoder la machine humaine. Il est responsable d'un groupe de recherche en éthologie clinique à l'hôpital de Toulon et enseigne l'éthologie humaine à l'Université du Sud-Toulon-Var.

À partir des années 1980, il publie plusieurs ouvrages comme « Mémoire de singe et paroles d'homme » ou encore « Les vilains petits canards ». Il est notamment connu pour avoir développé le concept de « résilience », renaître de sa souffrance. Il est par ailleurs membre du comité de parrainage de la Coordination française pour la Décennie de la culture de paix et de non-violence.

L'œuvre

« Les Vilains petits canards » ont été publiés en février 2001 chez Odile Jacob. L'auteur analyse comment des enfants qui ont été maltraités résistent à ces traumatismes. Il développe le concept de la « résilience ».

II. RÉSUMÉ DE L'OUVRAGE

Au cours du récit, l'auteur nous explique le concept de résilience en se basant sur des exemples d'individus qui ont subi un traumatisme durant leur jeunesse et qui l'ont surmonté. Il découpe sa réflexion en deux chapitres. Le premier, « la chenille » et le second « le papillon » contiennent chacun plusieurs analyses.

Dans le premier chapitre, il s'intéresse aux enfants avant leur naissance jusqu'à seize dix-huit mois. Cette période qui précède l'acquisition du langage constitue celle où l'enfant construit son tempérament avec l'histoire de chacun de ses parents.

L'enfant commence à le construire à travers sa relation avec sa mère. L'auteur explique que le processus de « réparation de soi » s'installe avant la naissance et permet de se reconstruire après une blessure. Selon lui, le bébé a déjà une vie prénatale, le fœtus n'est pas un « récipient passif ».

Il considère que durant la grossesse ce dernier est « avec sa mère » et non « dans sa mère ». Le bébé commence à répondre « à ses questions comportementales, à ses sursauts, ses cris ou son apaisement par des changements de postures et des accélérations cardiaques ».

Si la mère reçoit beaucoup de soutien affectif, elle transmet des conditions de vie plus paisibles au nouveau-né. Si l'enfant a une mère dépressive, il s'attache à elle et à son malheur, mais selon un mode particulier qui peut devenir une prison affective.

Avant d'apprendre le langage, l'enfant est façonné par le milieu dans lequel il arrive, « *Faire naître un enfant n'est pas suffisant, il faut aussi le mettre au monde* ». La mise au monde est la création par la mère d'un entourage où l'enfant pourra « tricoter sa résilience ».

Pour qu'il y ait sécurité affective, il faut que l'enfant participe à une relation triangulaire qui inclut les deux parents. Ces personnes contribuent au développement de l'enfant. Il y a cependant des ressources internes qui s'apprennent avant la parole et des ressources externes alimentées par les tuteurs de développement. Les comportements des parents nourrissent le développement de l'enfant, ce « triangle est la situation naturelle de tout être humain ».

Pour Boris Cyrulnik, le concept d'attachement précoce est essentiel, il en distingue quatre :

- L'attachement sécure (65 % des cas), l'enfant explore son environnement quand sa mère n'est pas là car il sait qu'elle va revenir.
- L'attachement évitant (20 % des cas), l'enfant joue avec sa mère, mais n'explore pas, même quand il est seul, il se sent d'ailleurs délaissé.
- L'attachement ambivalent (15 % des cas), l'enfant n'explore rien avec sa mère, il n'a appris à communiquer qu'à travers la détresse.
- L'attachement désorganisé (5 % des cas), l'enfant n'explore pas et peut frapper la mère ou la mordre quand elle revient. Sa mère n'est pas une base de sécurité

Pour l'auteur, l'attachement sécure est le meilleur moyen pour tricoter sa résilience, en effet déjà avant d'apprendre le langage lors d'une situation inhabituelle, il sait faire face. Tandis qu'avec l'attachement ambivalent ou désorganisé, il ne trouve pas de tuteurs de développement.

Dans le second chapitre, « le papillon », l'auteur s'intéresse aux ressources de résistance et de résilience dès que l'enfant apprend avec le langage. Dès qu'il parle, « son monde se métamorphose », ce qui signifie que sa perception du monde change et qu'il peut aussi devenir acteur de ce changement.

Durant cette période l'enfant peut se représenter son passé et son avenir et peut également mettre en place des mécanismes de défense dans son monde qui diminuent le malaise provoqué par une situation douloureuse.

Boris Cyrulnik explique ensuite la notion de traumatisme. Cette notion est récente et n'a été développée qu'au début du XXe siècle. À la suite des deux Guerres mondiales, le concept de traumatisme apparaît. C'est un point faible dans le développement de la personnalité.

Cependant, l'auteur se base sur les travaux de la psychanalyste Anna Freud. Selon cette dernière, le traumatisme est causé par deux chocs, la blessure à l'état pur comme la déportation ou la maltraitance, puis la représentation de cette blessure par rapport au regard des autres.

Il apparaît donc nécessaire de « *distinguer le trauma, qui est le coup subi par l'enfant dans le réel, du traumatisme, qui est la représentation qu'il se fait du coup, dans son esprit* ». Cette représentation se fait à partir de l'individu et avec l'interprétation des autres.

Il faut informer l'enfant qu'il est « possible de récupérer ». Le traumatisme est réparable, mais pas réversible. Pour faire face, l'enfant doit se métamorphoser via des ressources internes, mais aussi externes tels qu'au travers des tuteurs de résilience.

Dès les premiers mois de l'enfance, le nourrisson a besoin de sentir qu'il est aimé, qu'il a une place dans ce monde et qu'il a le droit de vivre. Avec ces ressources, il pourra mieux s'accommoder aux obstacles de la vie.

Puis le traumatisé a besoin de développer sa propre créativité, à travers celle-ci il pourra s'exprimer et maîtriser ses émotions sans avoir à parler. L'auteur insiste sur la fantaisie artistique, selon lui ce serait le principal outil pour affronter le malheur. Il est aussi vital de pouvoir s'évader à travers des rêves, mais il ne faut pas qu'il confonde réalité et rêve. Une rencontre peut également être à l'origine de sa reconstruction.

Enfin l'auteur aborde le concept de résilience, ce terme est employé en métallurgie, il s'agit de la capacité interne d'un métal à retrouver sa forme initiale après un choc. Pour le traumatisé, ce serait sa capacité à reprendre un développement malgré le choc subit tel que la violence, l'abandon, l'orphelinat, la misère ou encore la guerre. Il faut que ces enfants apprennent à cicatriser leurs blessures et réapprennent à vivre.

Bien que la souffrance reste dans la mémoire de l'individu, il peut lui donner un nouveau sens pour pouvoir l'accepter et la supporter. Ce processus est bien entendu très long et peut se faire tout au long de la vie. Le rôle du tuteur de résilience est prépondérant puisqu'il signifie l'attachement. Pour surmonter la souffrance, l'enfant peut l'utiliser non pas comme un handicap, mais comme une force.

L'être humain est adaptable grâce notamment aux relations affectives qui aident à supporter des difficultés inhumaines. Il conclut par ces mots : *« Le temps de la vie n'est jamais sans épreuve, mais (...) l'élaboration des conflits et le travail de résilience nous permettent de reprendre la route, malgré tout ».*

III. AXES DE LECTURE

Le concept de résilience

L'auteur est le premier à développer ce concept en psychologie en France. Ce terme est à l'origine employé en métallurgie, il s'agit de la capacité interne d'un métal à retrouver sa forme initiale après un choc.

Pour le traumatisé, ce serait sa capacité à reprendre un développement malgré le choc subit tel que la violence, l'abandon, l'orphelinat, la misère ou encore la guerre.

Les premières publications datent de 1939-1945, Werner et Smith, deux psychologues scolaires américaines à Hawaï, travaillaient avec des enfants à risque psychopathologique, condamnés à présenter des troubles. Elles les ont suivis pendant trente ans et ont noté qu'un certain nombre d'entre eux « s'en sortaient » grâce à des qualités individuelles ou des opportunités de l'environnement.

Selon l'auteur ce concept serait la résistance de l'humain, de l'enfant aux chocs traumatiques subis au cours de sa vie et sa capacité à résister à ce choc et à se reconstruire ensuite. Pour cela, il faut que l'enfant ait constitué un tempérament personnel. Ce dernier est composé de l'acquisition de ressources internes qui s'apprennent avant la parole et des ressources externes alimentées par les tuteurs de développement.

Pour se reconstruire après un choc, l'auteur préconise donc ce processus de résilience. Le titre est d'ailleurs très évocateur du parcours à suivre pour les « vilains petits canards ». Ce titre est un clin d'œil au conte de l'écrivain danois Hans Christian Andersen, lorsque le vilain petit canard, en regardant son reflet dans l'eau, s'aperçoit qu'il s'est métamorphosé en un superbe cygne blanc.

Les enfants qui ont subi des traumatismes ne sont pas conditionnés ou obligés à rester des « victimes » toute leur vie. Ils peuvent se reconstruire en le voulant. Ils doivent dans un premier temps comprendre leur passé pénible, les évènements douloureux, puis les analyser. Après toutes ces étapes, ils sont capables de transformer leur pouvoir destructeur en une force de vie et d'espoir.

Des exemples concrets

L'auteur a lui-même appliqué ce concept de résilience. Boris Cyrulnik est né dans une famille juive, durant l'Occupation, ses parents le confient à une pension qui le place plus tard à l'assistance publique. Ils sont arrêtés et meurent au cours de la déportation.

Une institutrice bordelaise, Marguerite Farge décide alors de cacher chez elle. Lors d'une d'une rafle, il est mis avec d'autres Juifs dans la Grande synagogue de Bordeaux. Il se cache puis une infirmière l'aide en le cachant dans une camionnette. Il est ensuite pris en charge et caché par un réseau tandis que ses parents meurent en déportation.

C'est suite à cette expérience traumatisante qu'il a voulu devenir psychiatre et savoir comment « fonctionnait l'être humain ». L'auteur a cependant gardé longtemps secrète sa propre expérience.

Ce n'est que dans les années 1990, lorsqu'il a souhaité faire remettre la médaille des Justes à Marguerite Farge que cette partie de son enfance est devenue publique.

L'auteur s'est donc dirigé vers la médecine car il voulait comprendre et « réparer d'autres humains ». C'est l'un des pionniers de l'éthologie humaine, il dirige aujourd'hui un groupe de recherche en éthologie clinique à l'université de Toulon-La Seyne.

Boris Cyrulnik continue d'analyser la façon dont laquelle des enfants maltraités résistent au traumatisme de la vie, à partir de l'observation des survivants des camps de concentration, mais aussi auprès des orphelins roumains.

La résilience, consiste à « *faire un projet pour éloigner son passé, métamorphoser la douleur du moment pour en faire un souvenir glorieux ou amusant* ». Plusieurs enfants trouvent des issues telles que l'engagement affectif, social, intellectuel, la créativité artistique.

Dans son ouvrage il cite l'exemple de la chanteuse Barbara, qui a été violée et persécutée pendant la guerre, mais qui a à travers la chanson pu surmonter les traumatismes qu'elle a subis, « J'ai perdu la vie autrefois. Mais je m'en suis sortie puisque je chante ». Selon l'auteur, elle a puisé dans ses ressources internes qu'elle a construites en même temps que son tempérament lorsqu'elle était enfant.

Il cite aussi Georges Brassens, qui s'en est sorti grâce à la poésie. En mettant en avant ces exemples célèbres, il veut aussi monter que n'importe qui pourrait faire de même. Puisque ce processus se met en place dès la petite enfance, avec le tricotage des liens affectifs puis l'expression des émotions. De nos jours, il y aurait une personne sur deux victimes de traumatismes.

Dans la même collection en numérique

Escadrille 80

Inconnu à cette adresse

La controverse de Valladolid

Les Vilains petits canards

Une partie de campagne

Cahier d'un retour au pays natal

Dora Bruder

L'Enfant et la rivière

Moderato Cantabile

Alice au pays des merveilles

Le faucon déniché

Une vie

Chronique des Indiens Guayaki

Je voudrais que quelqu'un m'attende quelque part

La nuit de Valognes

Œdipe

Disparition Programmée

Education européenne

L'auberge rouge

L'Illiade

Le voyage de Monsieur Perrichon

Lucrèce Borgia

Paul et Virginie

Ursule Mirouët

Discours sur les fondements de l'inégalité

L'adversaire

La petite Fadette

La prochaine fois

Le blé en herbe

Le Mystère de la Chambre Jaune

Les Hauts des Hurlevent

Les perses

Mondo et autres histoires

Vingt mille lieues sous les mers

99 francs

Arria Marcella

Chante Luna

Emile, ou de l'éducation
Histoires extraordinaires
L'homme invisible
La bibliothécaire
La cicatrice
La croix des pauvres
La fille du capitaine
Le Crime de l'Orient-Express
Le Faucon malté
Le hussard sur le toit
Le Livre dont vous êtes la victime
Les cinq écus de Bretagne
No pasarán, le jeu
Quand j'avais cinq ans je m'ai tué
Si tu veux être mon amie
Tristan et Iseult
Une bouteille dans la mer de Gaza
Cent ans de solitude
Contes à l'envers
Contes et nouvelles en vers
Dalva
Jean de Florette
L'homme qui voulait être heureux
L'île mystérieuse
La Dame aux camélias
La petite sirène
La planète des singes
La Religieuse

À propos de la collection

La série FichesdeLecture.com offre des contenus éducatifs aux étudiants et aux professeurs tels que : des résumés, des analyses littéraires, des questionnaires et des commentaires sur la littérature moderne et classique. Nos documents sont prévus comme des compléments à la lecture des oeuvres originales et aide les étudiants à comprendre la littérature.

Fondé en 2001, notre site FichesdeLectures.com s'est développé très rapidement et propose désormais plus de 2500 documents directement téléchargeables en ligne, devenant ainsi le premier site d'analyses littéraires en ligne de langue française.

FichesdeLecture est partenaire du Ministère de l'Education du Luxembourg depuis 2009.

Plus d'informations sur www.fichesdelecture.com

ISBN: 978-2-511-02963-3

Notes :